مقبرة العنقاء
قصة خيالية

إعداد وتحرير: رأفت علام

مكتبة المشرق الإلكترونية

صدر في مايو ٢٠٢٠ عن مكتبة المشرق الإلكترونية – مصر

ISBN: 9780463790823

Table of Contents

الفصل الأول

لم تشهد الصحراء الغربية المصرية يومًا قائظًا، شديد الحرارة، مثل ذلك اليوم من أيام صيف ١٩٤٧م، إذ التهبت الشمس في كبد السماء، كقرص من نار، أشعلت رمال الصحراء الصفراء، فجعلتها أشبه بجمر ملتهب، وتصاعدت منها أمواج الهواء الساخن، تتراقص أمام الأعين، فتتموج معها كل الصور والمشاهد، وتتراقص رقصة رهيبة، تعرف باسم رقصة اللهب.

في هذا الطقس الرهيب راح زنجي نحيل يدفع قدميه دفعًا إلى الأمام، والعرق يغمر وجهه وصدره، ويتساقط على الرمال، فتلتهمه في شراهة، ثم تتطلع للمزيد، والزنجي يلقى بصره على امتداده، دون أن يرى أمامه سوى تلال لا نهاية لها من الرمال، تمتد حتى الأفق من كل اتجاه، فيغمغم في يأس:

- لا فائدة.. لا فائدة.. إنها اللعنة!

انعسكت أشعة الشمس على جبهته، فمدّ يده يمسح عرقه، ثم رفع زمزميته الصغيرة إلى شفتيه، وحاول أن يلتقط من أعماقها قطرة ماء واحدة، إلا أن الزمزمية الساخنة أعلنت فراغها بفيض من الهواء الحار، جعله يشيح بفمه عنها، ثم يلقيها بامتداد ذراعه، متمتمًا:

- أعلم أنه ما من فائدة.

خيل إليه – في تلك اللحظة – أنه يلمح من بعيد أجسامًا تتحرَّك نحوه، فتوقف في توتر، وقال لنفسه:

- أهو سراب، أم هو الأمل؟

بدا له مشهد تلك الأجسام متراقصًا، مع الحرارة المنبعثة من الرمال، فغمغم في قلق:

- أظنه سراب، أو...

تناهى إلى مسامعه صوت محركات سيارات (الجيب)، فهتف:

- بل هو حقيقة.. الأذن لا تسمع سرابًا، إنها النجدة.. قافلة النجدة.

بعث الخاطر في ذهنة قوة، جعلته يعدو نحو السيارات، ملوحًا بذراعيه، وهاتفًا:

- النجدة!! أنا هنا.. النجدة!!

رأى السيارات تتوقف، ثم تنحرف باتجاهه، فصاح:

- لقد رآوني.. لقد نجوت.. نجوت بعد كل هذا الرعب والعذاب.. نجوت.

خيل إليه أن جسده قد اكتفى من التعب بكل هذا، بعد أن لاح الأمل في الأفق، فمادت به الأرض، وأظلمت السماء في وجهه، و... وسقط فاقد الوعي..

❈ ❈ ❈

لم يدر الزنجي كم بقى فاقد الوعي، ولكنه — عندما استعاد وعيه — كان يرقد على فراش بدائي، داخل خيمة كبيرة، وكان هناك رجل يقف مرتديًا سروالًا قصيرًا، وقميصًا من القطن، ينفث دخان سيجارة قصيرة، فاعتدل الزنجي، وقال:

- أين أنا؟

التفت إليه الرجل، وقال في هدوء:

- اطمئن يا فتى.. لقد أنقذناك.. من الواضح أنك قد قطعت مسافة كبيرة على قدميك العاريتين، فقد التهب باطن القدمين على نحو رهيب، وتسلخت ساقاك.

انتبه الزنجي في هذه اللحظة فقط إلى الضمادات، التي تحيط بساقيه وقدميه، في حين استطرد الرجل:

- أأنت أحد أفراد بعثة علماء الآثار المصرية البريطانية؟

بدا الحزن على وجه الزنجي، وقال:

- نعم.. أنا آخر أفراد البعثة، وإن لم أكن أبدًا أحد علمائها.

جلس الرجل على طرف فراشه، وسأله في اهتمام:

- من أنت إذن؟

أجابه الزنجي:

- أنا (عمار)، خادم (معتز) بك، عالم الآثار المصري، وأحد أفراد البعثة.

سأله الرجل:

- لماذا تقول أنك آخر أفراد البعثة يا (عمار)؟.. هل لقى الجميع مصرعهم؟

أومأ (عمار) برأسه إيجابًا، وقال:

- تقريبًا.

سأله الرجل:

- ماذا تعني بـ (تقريبًا)؟

بدت عينا (عمار) الحزينتين كبحيرة من الألم، وهو يجيب:

- أعني أنك لن تجد جثة واحدة.. لقد ذهب الجميع.

سأله الرجل في اهتمام:

- أتعني أنك قد قمت بدفنهم جميعًا؟

هزّ (عمار) رأسه نفيًا، وقال في ألم:
- لم يكن هناك جثث لأدفنها.. لقد ذهب الجميع هكذا.. دون أجساد.
تراجع الرجل في دهشة، وسأله:
- ما الذي تعنيه يا (عمار)؟
ازدرد (عمار) لعابه، وقال:
- إنها قصة طويلة يا سيدي..
قال الرجل في اهتمام:
- قصَها عليَّ إذن.
تنهد (عمار)، وقال:
- لست أظنك تصدق حرفًا واحدًا منها يا سيدي، فلولا ما رأيته منها بعيني، ما صدقت من يرويها على مسامعي، ولو أقسم بأرواح آبائه وأجداده إلى سيدنا (آدم) عليه السلام.
سأله الرجل:
- أهي عجيبة إلى هذا الحد؟
ارتجف (عمار)، وهو يقول:
- بل رهيبة.
سحب الرجل نفسًا عميقًا من سيجارته، وهو يتطلَّع إلى (عمار) في شك، ثم لم يلبث أن نفث الدخان في قوة، قبل أن يقول:
- اسمع يا (عمار).. إننا بعثة إنقاذ، مهمتنا هي البحث عن بعثة الآثار، وإنقاذ من بقي حيًا منها، لذا أريد منك أن تخبرني بكل لما لديك، مهما بدا لك عجيبًا أو مخيفًا.
أومأ (عمار) برأسه أيجابًا، وقال:
- سأقصها على مسامعك يا سيِّدي، ولكن حاول أن تستمع إليَّ جيدًا، فلست أظنني بقادر على إعادة أي جزء منها، مهما كانت الأسباب.
اعتدل الرجل، وقال:
- هيا.. كلي آذان صاغية.
التقط (عمار) نفسًا عميقًا..
وأخذ يروي..

✿✿✿

الفصل الثاني

- مازلت أذكر ذلك اليوم المشئوم، الذي بدأت فيه هذه الأحداث الرهيبة..
كان السابع من يوليو، حيث بلغت حرارة الطقس حدًا لا يطاق، وعمال البعثة الخمسة منهمكون في حفر رمال الصحراء، في تلك البقعة المقفرة، على بعد أربعة كيلو مترات في قلب الصحراء، غربي (وادي الملوك)..
وكانت البعثة تضم ثلاثة فقط من علماء الآثار، بالإضافة إلى العمال الخمسة، وأنا، وبين هؤلاء العلماء الثلاثة مصري واحد، هو سيدي (معتز)، الذي درس علم المصريات، ونافس فيه زميليه البريطانيين..
بل فاقهما بذكائه ومصريته..
في ذلك اليوم جلس البريطانيين (طومسون) و(جيف)، مع سيدي (معتز) في خيمته، ورحت أنا أعد لهما أكواب الشاي المعتادة، وأنا أسمع (طومسون) يقول في ضجر، بلغته الإنجليزية، التي اتقنتها، بحكم عملي الطويل معهم:
- لا يا (معتز).. أنا أخالفك الرأي تمامًا، في احتمال وجود مقبرة فرعونية هنا، فكل مقابر الجانب الغربي تجتمع في (وادي الملوك)، أو حوله.
هزَ سيدي (معتز) رأسه في عناد، اكتسبه من والده – رحمه الله – وقال في حزم:
- وماذا عن تلك البردية، التي عثرت عليها في مقبرة (خان – حر)؟.. أليست دليلًا قاطعًا على وجود مقبرة ذات طابع خاص هنا؟
لوح (جيف) بيده معترضًا، وهو يقول:
- ولكننا حفرنا نصف المنطقة تقريبًا، دون أن نعثر على حجر أثري واحد.
أجابه (معتز) في ثقة:
- سنعثر عليه إن عاجلًا أو آجلًا.. لا تنسى أن (كارتر) لم يعثر على مقبرة (توت – عنخ – أمون)، إلا بعد سنوات من البحث
مط (طومسون) شفته السفلى، وقال:
- لن أحتمل بضعة أيام أخرى، في هذا الجحيم.
لم يكد يتم عبارته، حتى هتف أحد العمال، وهو يعدو نحو الخيمة:
- سيدي (معتز).. سيدي (معتز).. لقد عثرنا على المدخل
اتسعت عينا (معتز) في لهفة، وهتف بالإنجليزية، مترجمًا النداء لرفيقه
- يبدو أننا بلغنا الهدف.

اندفع الثلاثة خارج الخيمة، وقد نسوا أمر الشاي، الذي انتهيت من إعداده تقريبًا، فأحطت وعاء الشاي بمنشفة سميكة، حتى لا تنخفض درجة حرارته بسرعة، ثم لحقت بهم عند الحفرة، وهناك وقع بصري على جزء من باب حجري سميك، ظهر جزء كبير منه مع رفع الرمال، وبدا على ذلك الجزء الظاهر رسم يشبه وجه وعنق طائر ضخم، ينفث النيران من حلقه، وقد انفرد جناحاه عن آخرهما، على نحو مهيب مخيف، جعل (طومسون) يُطلق صفيرًا عاليًا، ويهتف:

- يا إلهي!.. يبدو أنها مقبرة غير تقليدية بالفعل.

حث (معتز) العمال الخمسة على رفع باقي الرمال، ثم التفت إلى رفيقه، يقول:

- إنني لم أر مثل هذا الشعار أبدًا من قبل، فهو ليس شعارًا ملكيًا معروفًا، ولا حتى يشبه شعارات كبار الكهنة.

قال (جيف) في شغف:

- ربما كانت مقبرة من مقابر الأسر القديمة.

هزّ (معتز) رأسه، وقال:

- لا.. لست أظن هذا..

بدا لي أن الأمر سيستغرق وقتًا طويلًا، قبل كشف مدخل المقبرة تمامًا، فعدت إلى الخيمة، وأحضرت مظلة كبيرة، وثلاثة مقاعد للسادة، ومنضدة صغيرة، ووضعت كل هذا أمام الحفرة، ثم رحت أصب لهم الشاي، في الوقت الذي كان (جيف) يكمل فيه حديثه، لم أسمع بداياته، وهو يقول في إصرار:

- لا يا (معتز).. إنها ليست مقبرة ملكية حتمًا، فلا توجد بها أية علامات تشير إلى هذا، ثم إن بها أمرًا عجيبًا، يثير حيرتي.

سأله (معتز) في اهتمام:

- ما هو؟

اعتدل يرتشف الشاي في بطئ، ويجيب:

- إن مدخلها لا يحمل رسم مفتاح الحياة، كما يحدث عادة في المقابر الفرعونية القديمة، على الرغم من أن إيمان المصريين القدماء بالبعث أمر بالغ الأهمية، وهم يضعون رسم مفتاح الحياة على مقابرهم؛ ليساعدوا روح الميت على العودة إلى الحياة، وليعلنوا لآلهتهم رغبتهم في هذا.

ابتسم (طومسون) وقال:

- ربما لا يرغبون في عودة الحياة، إلى ساكن هذه المقبرة.

انعقد حاجبا سيدي (معتز) في اهتمام، وبدا أكثر الجميع وسامة، وهو ينتزع قبعته عن رأسه، ويداعب شعره الأسود الفاحم الغزير بأصابعه، قائلًا:
- ربما.
أتاه في هذه اللحظة أحد العمال، يقول في صوت يحمل رنة خوف:
- لقد انتهينا من كشف المدخل يا سيِّدي، ولكن الرجال يشعرون بالخوف.
سأله (معتز) في دهشة:
- ولماذا يشعرون به؟
أشار العامل إلى موضع المقبرة، قائلًا:
- انظر بنفسك.
نهض العلماء الثلاثة لرؤية المدخل، ودفعني الفضول إلى أن أتبعهم بدوري، ولم أكد ألقى أول نظرة على المدخل، حتى وجدت نفسي ارتجف بدوري..
كان الرسم على المدخل رهيبًا بحق، إذ كان ذلك الطائر الضخم، الذي يفرد جناحيه، وينفث اللهب يقف فوق عشرات البشر، ويغرز فيهم مخالبه، فتسيل منهم الدماء، وتلوح على وجوههم أبشع آيات الرعب والفزع والألم، في حين أطلت من عيني الطائر نظرة وحشية مخيفة، جعلتني أتمتم:
- رحماك يا إلهي!
التفت إلي سيدي (معتز)، ورمقني بنظرة صارمة، ثم عاد يتطلَّع إلى الرسم الرهيب، وقال في هدوء:
- لا بأس.. إنه مجرَّد رسم.
قال (طومسون) في رهبة:
- ولكن ماذا يوجد داخل تلك المقبرة اللعينة، مما يستوجب وضع مثل هذا الرسم البشع على مدخلها؟
هزّ (معتز) كتفيه، وقال:
- من يدري؟.. ربما تحوي أنفس كنوز الدنيا، والرسم البشع مجرَّد وسيلة لإرهاب اللصوص.
ثم قال للرجال في حسم:
- هيا يا رجال.. سنرفع هذا الباب.
بدا التردد على وجه الرجال، فأضاف مبتسمًا:
- وسأمنح كل منكم جنيهًا إضافيًا، بالإضافة إلى مكافأة الكشف عن المقبرة.
هزم الطمع بعض الخوف في أعماق الرجال، فعادوا إلى العمل، وتكاتفوا لرفع الباب الحجرة الثقيل، إلا أن الباب بدا وكأنه جبل هائل، يعجز أضعاف

أضعافهم عن مجرَّد زحزحته، حتى لهث الرجال وتهالكوا، دون أن يتحرَّك الباب قيد أنملة، وهنا قال (جيف):
- يبدو أننا سنضطر لنسفه.
هتف به (معتز):
- هل جننت؟
ثم التفت إلى الرجال، وقال:
- استريحوا قليلًا يا رجال، وبعدها ستصنع ثغرة في ركن الباب، تقودنا إلى الداخل.
لم يكن من اللائق أن أبقى طيلة الوقت في الموقع، لذا فقد استأذنت سيدي (معتز) في العودة إلى الخيمة، لإعداد طعام الغذاء، فسمح لي بذلك، وطلب مني صنع كمية إضافية للعمال الخمسة، الذين سيحتاجون حتمًا إلى المزيد من الغذاء، بعد كل ما بذلوه من جهد..
ولساعتين كاملتين، انهمكت في إعداد الطعام، حتى أنني لم أشعر بما يحدث في الخارج، ولم أكد أنتهي من عملي، حتى ذهبت لأخبر سيدي ورفيقيه بأن الغذاء جاهز، وهناك وجدت العمال في اللحظات الأخيرة من فتح الثغرة، في الركن الأيسر السفلي من الباب الحجري الضخم..
وبضربة معول، انفتحت الثغرة..
بل قل انفتحت أبواب الجحيم..
لقد هبت من الثغرة موجة حارة لافحة، بدت وكأنها نيران جاءت من الجحيم نفسه، فصرخ العمال، وتراجعوا مذعورين، وامتزجت صرختهم بصرخة رهيبة، تجمدت لها الدماء في عروقي..
صرخة انبعثت من داخل المقبرة..
صرخة طائر شيطاني..
وبعدها ساد سكون رهيب..
سكون بدا وكأنه يشمل الصحراء كلها، حتى لقد سكنت الرياح، وتوقفت الأنفاس، وهبط على الجميع وجوم مخيف، قطعه سيِّدي (معتز)، وهو يقول:
- يبدو أن الهواء داخل المقبرة كان فاسدًا، أو مضغوطًا، فاندفع إلى الخارج مع فتح الثغرة و...
ولاشك أنه أدرك على الفور عقم تلك التفسيرات، فلم يتم حديثه، وإنما تنحنح وقال:
- حسنًا.. حان موعد فحص المقبرة من الداخل.

تراجع العمال في رهبة، خشية أن يختار سيِّدي أحدهم لهذه المهمة، في حين ازدرد (جيف) لعابه، وغمغم في توتر:
- فحصها؟
شد (معتز) قامته، وقال:
- نعم.. سأفحصها أنا.
كانت مبادرته جريئة حقًا، مما ملأ قلبي بالخوف، فأمسكت يده قائلًا:
- سآتي معك يا سيدي.
هتف بي مبتسمًا:
- لماذا؟.. إنني لن أعبر المحيط.. إنها مجرَّد مقبرة.
حمل مصباحه في حماس، واتجه إلى الثغرة، وانحنى ليزحف عبرها إلى داخل المقبرة، حتى اختفى عن أنظارنا، فاحتبست الأنفاس كلها في رهبة، وتعلّقت العيون كلها بالثغرة، ومضت الدقائق بطيئة ثقيلة، حتى لقد خلتها ساعات طوالًا، مما أفقدني أعصابي في النهاية، فقلت:
- سألحق بسيدي.
أمسك (طومسون) ذراعي في قوة، وقال:
- لقد طلب منك أن تبقى.
هتفت متوترًا.
- ولكنني أجهل ما يصيبه هناك، أليس من المحتمل أن...
قاطعني (جيف)، وهو يهتف:
- ها هو ذا.
أدرت عيني إلى الثغرة، ورأيت سيَّدي يزحف خارجها شاحب الوجه زائغ العينين، ولم يكد ينهض واقفًا على قدميه، حتى هتف به (طومسون):
- ماذا وجدت؟
رفع سيدي عينيه إليه، ومضت لحظات لم ينبس فيها ببنت شفة، قبل أن يقول في شحوب:
- إنه أمر عجيب.. عجيب بحق.
سأله (جيف) في قلق:
- أهي مقبرة ملكية؟
التفت إليه سيِّدي، وقال:
- بل هي مجرَّد حجرة صغيرة، تمتلئ جدرانها كلها بالنقوش، ولا يوجد داخلها سوى قنينة نحاسية كبيرة.
سأله (طومسون) في لهفة:

- وما الذي تحويه تلك القنينة؟
مضت لحظة من صمت عجيب، بدا فيها سيِّدي أكثر شحوبًا من أية مرة سابقة، في عمره كله، وهو يقول:
- رماد.. مجرَّد رماد.
وكان الجواب عجيبًا..
ومخيفًا.

✿✿✿

الفصل الثالث

لم يدخل أي مخلوق آخر إلى المقبرة، بعد خروج سيِّدي (معتز) منها، بل اكتفى (طومسون) بوضع عاملين أمامها لحراستها، في حين عاد هو وسيدي و(جيف) إلى الخيمة الرئيسية، حيث أعددت لهم طعام الغذاء، فجلسوا يتناولونه صامتين، يظللهم شعور غامض بالرهبة والقلق، إلى أن قال (جيف):

- ألم تجد حقًّا سوى ذلك الرماد يا (معتز)؟

أومأ (معتز) برأسه إيجابًا، وقال:

- نعم.. المقبرة كلها لا تحوي سوى تلك القنينة النحاسية، بما تحويه من رماد، ولكن المنقوش على جدرانها هو المهم.

اعتدل (طومسون)، وسأله:

- وما هو المنقوش على الجدران؟

التقط (معتز) نفسًا عميقًا، وزفره في بطئ، ثم قال:

- (العنقاء).

سأله (جيف):

- ماذا؟

أجابه (معتز):

- النقوش تقول إن هذه مقبرة (العنقاء).

هتف (طومسون) مستنكرًا:

- (العنقاء)؟!.. أي هراء هذا يا (معتز).. كلنا نعلم أن (العنقاء) طائر خرافي، لا وجود له في الواقع، وإنما هو مجرَّد أسطورة.

قال (معتز) في إصرار:

- وماذا تقول هذه الأسطورة يا رجل؟.. إنها تقول إن (العنقاء) طائر جهنمي، متوحش، ينفث النيران من حلقه، ثم لا يموت إلا بالنيران نفسها، وبعد موته يتحوَّل إلى رماد، ويمكنه بوسيلة لم تذكرها الأسطورة، أن ينهض مرة أخرى من رماده، ويعود إلى الحياة.

حاول (جيف) أن يبتسم، وهو يقول:

- رائع.. إنه طائر يناسب طبيعة قدماء المصريين، الذين يؤمنون ببعث الروح في الجسد بعد الموت.

قال (طومسون) في غلظة:

- ليس هذا وقت المرح يا (جيف).

مطَ (جيف) شفتيه، ولاذ بالصمت في ضيق، في حين التفت (طومسون) إلى (معتز)، وقال:
- إذن فأنت تظن أن ذلك الرماد، ما هو إلا رماد (العنقاء).
هز (معتز) كتفيه، وقال:
- ولم لا؟
عقد (طومسون) حاجبيه الكثين في غضب، وهو يقول:
- سأخبرك أنا لم لا.. لأنني لا أؤمن بالأساطير والخرافات يا سيد (معتز).. لا أؤمن بالغول ولا (العنقاء)، ولا الساحرات، ولا كل تلك الخزعبلات الأخرى.. هل فهمت لم لا؟
تنهد (معتز)، وقال:
- هذا شأنك.
ثم أشار إلى خارج الخيمة، وهو يستطرد:
- ولكن النقوش لا تكتفي بالتحدَّث عن (العنقاء) فحسب.
سأله (جيف) في اهتمام:
- ماذا تقول أيضًا؟
أجابه (معتز) في حسم:
- وتقول إنه هناك لعنة، ستحل على من يفتح مقبرة (العنقاء).
شحب وجه (جيف)، وهتف:
- لعنة؟!.. أي نوع من اللعنات؟
هتف (طومسون) في غلظة:
- لست أؤمن بهذا أيضًا.
ثم نهض مستطردًا في صرامة:
- اسمع يا (معتز).. سنحسم أمر هذه المقبرة غدًا، مع مشرق الشمس، وبعدها ستعلم أن كل هذا مجرَّد هراء.
قالها وغادر الخيمة في خطوات سريعة غاضبة، وساد الصمت داخل الخيمة لحظات، حتى تنحنحت أنا، وسألت سيدي:
- معذرة يا سيِّدي.. هل تحب تناول الشاي الآن؟
هزَّ رأسه نفيًا، وهو يبتسم ابتسامته الرقيقة، قائلًا:
- لا يا (عمار).. شكرًا لك.
وهنا نهض (جيف) بدوره، قائلًا:
- أنا أيضًا لا أرغب في شرب الشاي هذه الليلة.. سأذهب إلى خيمتي وأراجع بعض كتبي، ثم أخلد إلى النوم.

غمغم سيدي (معتز):
- لا بأس.
بقى جالسًا إلى المائدة بعض الوقت، بعد انصراف (جيف)، وبدا من شروده أنه غارق في تفكير عميق، فاحرمت صمته، وبقيت صامتًا بدوري، حتى نهض من مكانه، والتقط أحد كتبه، وراح يطالعه في اهتمام بالغ..
ورفعت أنا الأطباق عن المائدة، وانغمست في تنظيفها، وإعداد فراش سيدي (معتز)، حتى توارت الشمس في الأفق، وبدأ الظلام ينتشر في المكان، فوضع سيِّدي كتابه، وفرك عينيه في إرهاق، وهنا سألته في شغف:
- سيِّدي.. هل تؤمن بلعنة الفراعنة؟
ابتسم في رقة، وشرد ببصره لحظات، ثم التفت إليِّ مجيبًا:
- لا يا (عمار).. لست أؤمن بها أبدًا.
أراحني هذا الجواب بالفعل، وأزاح عن كاهلي حملًا ثقيلًا، فابتسمت في ارتياح، وعاونت سيِّدي على خلع حذائه الكبير، ولم أكد أنتهي من ذلك، حتى اندفع أحد حارسي المقبرة إلى الخيمة، وهو يقول في هلع:
- سيِّدي.. سيِّدي.. لقد حدث أمر رهيب.. رهيب يا سيِّدي.
هبَ إليه (معتز)، وسأله في قلق:
- ماذا حدث يا رجل؟
لهث العامل في انفعال، وخفض عينيه أرضًا، وهو يقول:
- لقد لعب الشيطان برأسينا.. أنا ورفيقي.
سأله (معتز):
- ماذا تعني؟
أجابه العامل في أسف:
- تصورنا أن المقبرة تمتلئ بالكنوز والذهب، وأنك تدعي خلوها من كل هذا، حتى تصرف أنظارنا عنها.
هتف (معتز):
- يا إلهي!.. وماذا فعلتما؟
أجاب العامل:
- لعب الشيطان برأسينا، وأقنعني زميلي بالتسلل إلى المقبرة، والحصول على بعض الذهب لنفسينا، وأكد لي أن أحدًا لن ينتبه إلى ما سنفعله.. ولقد أقنعني، فتسللنا إلى المقبرة.
أمسك (معتز) ذراع الرجل في قوة، وهو يهتف به في انفعال:
- وماذا حدث هناك؟

كاد العامل يبكي، وهو يقول:
- لم نجد شيئًا داخل المقبرة، سوى تلك القنينة النحاسية الكبيرة، وما بها من رماد، فأصابني الحنق، واتهمت صديقي بالغباء والجهل، وقلت له إنني سأخبرك بما حدث، وحاول منعي بالقوة، فتشاجرنا، و... و...
هتف به (معتز):
- وماذا؟
بكى العامل بالفعل، وهو يقول:
- وقتلته.
اتسعت عينا (معتز)، وهتفت أنا مذعورًا:
- قتلته أيها التعس؟
قال العامل في انهيار:
- لم أكن أقصد هذا.. لقد دفعته في قوة، فارتطم بالعامود الحجري، الذي يحمل القنينة النحاسية، وسقط صريعًا، وانقلبت القنينة ورمادها فوقه، و...
قاطعه (معتز) هلعًا:
- انقلبت.
ثم أسرع يرتدي حذاءه الطويل، مستطردًا:
- هيا يا رجل.. سنذهب لنرى ماذا حدث.. هيا.. ربما لم يمت زميلك كما تتصوِّر.
أسرعنا مع العامل إلى المقبرة، التي بدت أكثر إثارة للخوف والرهبة، على ضوء القمر، ولكن سيِّدي (معتز) لم يتردَّد في الزحف داخلها، فلحقت به على الفور، ولم أكد أدخل إلى المقبرة، التي بدت أصغر مما كنت أتصوَّر، حتى هبط رعب غامض في قلبي..
رعب لم أدر له سببًا، فقد كانت مجرَّد حجرة مرَّبعة صغيرة، ازدانت كل جدرانها بالرسوم والنقوش، يتوسطها عمود صخري صغير، سقطت أسفله قنينة نحاسية نصف الكروية، فوق كمية من الرماد..
ولم يكن هناك أثر للعامل القتيل..
وفي ذهول هتف العامل الآخر:
- ولكنني تركته هنا.
أدار (معتز) المصباح داخل المقبرة الصغير في بطئ، ثم قال:
- من الواضح أنه لم يمت.. ربما فقد وعيه لبضع لحظات، ثم استعاده فزحف خارج المقبرة، وعاد إلى خيمة العمال.
تنهد العامل في ارتياح، وقال:

- حمدًا لله.. لم أكن لأسامح نفسي أبدًا، لو كان قد مات.
انحنى (معتز) يرفع القنينة النحاسية، وهو يقول:
- ولكنكما تسببتما في سقوط القنينة و...
بتر عبارته بغتة، وهو يصوب ضوء مصباحه على كومة الرماد الصغيرة، المستقرَّة أسفل القنينة، وسمعته يقول في دهشة:
- عجبًا!..
سألته في اهتمام:
- ماذا حدث يا سيدي؟
أجابني في تردد:
- ذلك الرماد..
- ألقيت نظرة على الرماد، وعدت أسأله:
- ماذا عنه يا سيَّدي؟
تردد لحظة أخرى، ثم أجاب في حسم:
- إنه ليس نفس الرماد، الذي كان داخل القنينة يا (عمار).. ليس نفس الرماد حتمًا.
وهوى قلبي بين ضلوعي..

✿✿✿

الفصل الرابع

لم يكن من المعتاد أبدًا أن يتناول سيِّدي (معتز) الشاي، بعد غروب الشمس، إلا أنه تناول في تلك الليلة كوبين منه، أعددتهما له في التاسعة مساءً، وهو يجلس أمام الخيمة، غارقًا في تفكير عميق، ومتطلعًا إلى القمر..

وفي خفوت، اتجهت إليه أسأله:

- ما الذي يدعوك إلى القول بأن هذا الرماد يختلف يا سيدي؟.. الرماد كله يتشابه.

هزَّ رأسه نفيًا، وقال:

- لا يا (عمار).. الرماد الذي رأيته في الصباح، داخل القنينة النحاسية، لم يكن أبدًا رمادًا عاديًا.

سألته في حيرة:

- ماذا كان إذن؟

صمت لحظات، وكأنما يبحث عن اللفظ المناسب، قبل أن يقول:

- عندما سقط ضوء مصباحي على ذلك الرماد، في الصباح، بدا لي الرماد وكأنما هو نار متوهجة، أو جمر ملتهب، تتراقص فوقه ألسنة اللهب، حتى لقد أدنيت يدي منه في حذر، خشية أن تلفحني نيرانه، أما الرماد الذي وجدناه منذ ساعة، على أرضية المقبرة، فهو مجرَّد رماد عادي.

انقبض قلبي لذلك الوصف، وتمنيت في أعماقي لو رحلنا عن هذا المكان، وتركنا تلك المقبرة اللعينة، إلا أنني لم أجرؤ على الإفصاح برأيي هذا لسيدي (معتز)، وآثرت الصمت، الذي لم يمنع قلبي من الارتجاف بين ضلوعي، حتى أشرقت شمس الصباح..

وكعادته، كان سيدي (معتز) أول من استيقظ، وغادر خيمته نشيطًا حليقًا ينافس الصباح بهاءً وإشراقًا، ثم تبعه (طومسون)، الذي بادره قائلًا:

- صباح الخير يا (معتز).. أمازلت تفكر في عنقائك؟

ابتسم (معتز) ابتسامة هادئة، ثم قص عليه كل ما كان من أمر حارسي المقبرة أمس، فانقعد حاجبا (طومسون) في غضب، وقال:

- ما كان لك أن تتجاوز الأمر بهذه البساطة يا (معتز).. كان ينبغي أن تعاقبهما بكل الحزم والصرامة.

قال (معتز) في هدوء:

- لا تنس يا سيد (طومسون) أن بعثتنا تضم خمسة عمال فحسب، ومعاقبة عاملين منهما تعني إغضاب أربعين في المائة من فريق العمل.

مط (طومسون) شفتيه في امتعاض واعتراض، إلا أنه لم يعلن مشاعره هذه على نحو صريح، وإنما جلس مع (معتز) و(جيف)، يتناول قهوة الصباح، ولم يكد آخرهم ينتهي من قهوته، حتى لمحت ذلك العامل، الذي قادنا إلى المقبرة مساء أمس، وهو يقترب مرتبكًا، شاحب الوجه، فلفت نظر سيدي (معتز) إليه، فاستدعاه وسأله:

- ماذا بك؟

أجابه العامل، في اضطراب واضح:

- (عويس) اختفى.

سأله (معتز):

- من (عويس) هذا؟

ثم تذكر أن (عويس) هو الحارس الثاني، الذي أصيب أمس داخل المقبرة، ولم نعثر عليه بعدها، فتجاوز سؤاله في سرعة، وأكمل:

- أين اختفى؟

هز العامل رأسه في توتر، وقال:

- لا أحد يدري.. لقد تصورنا أمس أنه قد استعاد وعيه، وعاد إلى خيمته، ولكن زميليه في الخيمة يؤكدان أنه لم يعد إليها، ثم إننا لم نعثر له على أثر.

عقد (معتز) حاجبيه، وهو يقول:

- ربما خشى العقاب، بعد أن استعاد وعيه، ففر من هنا.

قال العامل:

- إلى أين يفر يا سيدي.. إننا في قلب الصحراء؟

أجابه (طومسون) في خشونة:

- ربما عاد إلى (وادي الملوك).. إنه يعرف الطريق حتمًا.

لم يبد أن هذا التفسير قد أقنع العامل، إلا أنه غمغم:

- ربما.

وابتعد عن الخيمة يجر ساقيه جرًا، فالتفت (جيف) إلى (طومسون)، وسأله:

- أتعتقد أنه قد فر حقًا.

أجابه (طومسون) في خشونة:

- ألديك تفسير آخر؟

هز (جيف) كتفيه، وقال:

- لا.. لا أعتقد هذا.

نهض (معتز) عند هذه النقطة، وأزاح أستار الخيمة، وهو يقول:

- فليكن.. إننا لن نضيع اليوم في مناقشة أمر (عامل) هارب، فعلينا أن نفحص المقبرة، و...

بتر عبارته بشهقة قوية، جعلتنا نقفز جميعًا من أماكننا، ونهتف:

- ماذا حدث؟

أشار بسبابته إلى تلال الرمال البعيدة، قائلًا:

- انظروا.. هناك.

انتقلت أبصارنا جميعًا إلى حيث أشار، وبدا لنا جسد بشري يترنح فوق الرمال، محاولًا الوصول إلى معسكرنا، ولم نكد نتبين طبيعة هذا الجسد، حتى كان (معتز) يهتف:

- إنها امرأة.

أسرع إلى سيارة (الجيب)، وقفز داخلها، فلحقت به مع (جيف)، وهو يدير محركها، وقال (جيف) في حيرة:

- ما الذي جاء بها إلى هنا؟

انطلق (معتز) بالسيارة، وهو يقول:

- من يدري؟

رأيت من بعيد جسد تلك المرأة، وهي تتوقَّف متطلعة إلينا، ثم ترفع يدها ملوحة، وتسقط أرضًا بلا حراك، فزاد (معتز) من سرعة السيارة، التي أثارت خلفها عاصفة من الرمال، وهو يقول:

- يا إلهي!.. ما الذي أتى بها إلى هنا حقًا؟

بلغنا موضع المرأة في دقيقتين فحسب، وأوقف (معتز) سيارته إلى جوارها، ثم قفز من السيارة، وهبط يفحص المرأة، ولم يكد يدير وجهها إليه، حتى هتف (جيف):

- يا رب السموات!!

أما أنا، فقد انفغر فاهي في ذهول وانبهار، وأنا أتطلع إليها..

- لم تكن مجرَّد إمرأة.. كانت أروع كائن حي وقعت عليه عيناي، منذ مولدي..

امرأة فاتنة، بكل ما يمكن أن تحمله الكلمة من معان، لها وجه لم أر أجمل منه، ولا أكثر سحرًا من ملاحته، تزينه شفتان كثمرة ناضجة من ثمار الجنة، ويكلله تاج منهمر من شعر أحمر ناري برَّاق، عكس بهاءه على بشرتها الوردية، فامتزجا في لوحة من أعظم لوحات الخالق (عزّ وجلّ).

وكانت فاقدة الوعي، ترتدي جلبابًا قديمًا متهالكًا، تناقض بشدة مع بشرتها وجمالها، وأوحى إلينا بأنها قد لاقت الأمرين، حتى بلغت موضعنا هذا، ولم

تكن هناك قطرة عرق واحدة على جسدها، مما يجزم بأنها لم تتناول قطرة واحدة من الماء منذ زمن طويل..

وعلى الرغم من أنني لم أر سيِّدي (معتز) يبدي اهتماما زائدًا بأمرأة قط، إلا أنه بدا لي — في هذه اللحظة — مبهورًا، مأخوذًا، مسحورًا بتلك الفتنة الطاغية، التي ترقد أمامه، فوق رمال الصحراء، حتى أنه بقى لحظات يتطلع إليها مشدوهًا، قبل أن ينحني ليحملها بين ذراعيه، ويقول في حسم:

- إنها تحتاج إلى رعاية طبية عاجلة.

أرقدها في رفق على المقعد الخلفي للسيارة، وانطلقنا عائدين بها إلى المعسكر، ولم تكد أبصار العمال والسيد (طومسون) تقع عليها، حتى انتقل انبهارنا إليهم، وبخاصة إلى السيد (طومسون)، الذي هتف متخليًا عن وقاره:

- ربَّاه!!.. هل تنجب الصحراء كل هذا الجمال؟

حملناها إلى خيمة سيِّدي (معتز)، ورحنا نرطب شفتيها بالماء، ونبلل وجهها بمنشفة معطرة، حتى ندت من بين شفتيها الفاتنتين تأوهات خافتة، فتحت بعدها عينيها، وتطلعت إلى وجوهنا في خوف، قبل أن تهتف في وهن:

- من أنتم؟.. أين أنا؟

أسرع (جيف) يجيبها:

- إننا بعثة آثار (أنجلو- مصرية)، وأنا (جيف)، وزميلي هذا (طومسون)، ونحن بريطانيان.. أما هذا فهو مصري، يدعى (معتز).

اعتدلت جالسة، وهي تقول في ارتياح:

- إذن فقد نجوت.. حمدًا لله.

بدت لي لهجتها، وهي تقول عبارتها الأخيرة، مختلفة عن سؤالها الأول، الذي بدا إنجليزيًا خالصًا، ولكن هذا لم يلبث أن بدا لي طبيعيًا، عندما سألها (طومسون):

- أبريطانية أنت؟

فهزت رأسها، مجيبة:

- لا.. بل أمريكية.

سألها (معتز) في اهتمام:

- وكيف وصلت إلى هنا؟

روت لنا قصة مقتضبة، علمنا منها أنها سائحة أمريكية، أتت من بلادها لزيارة (وادي الملوك)، ومشاهدة الآثار المصرية القديمة، ثم اختطفها أحد

البدو، وحملها إلى مخيم قبيلته، ثم أنهت قصتها بفيض من الحزن، وهي تقول:
- لقد نجحت في الفرار منهم بمعجزة، ثم انتابني الرعب، وأنا أعبر صحراء لا نهاية لها، ونال مني التعب والخوف منالهما، حتى أنني لم أكد ألمح سيارتكم، حتى سقطت فاقدة الوعي، من شدة الانفعال واللهفة.
ربت سيِّدي (معتز) على كتفها في رفق، وقال في لهجة تفيض حنانًا:
- لقد عانيت الكثير، وأظنك الآن بحاجة إلى الاغتسال، وتناول وجبة دسمة، ثم النوم ولفترة طويلة.. سنذهب نحن لإنهاء عملنا، وسيعدّ لك (عمار) كل ما تحتاجينه.
تطلعت إليه لحظات في صمت، كما لو أنها تقرأ عينيه، وتسبر أغواره، ثم لم تلبث أن أزاحت خصلة ناعمة طويلة من شعرها الناري، وهي تبتسم قائلة:
- أشكرك يا سيد (معتز).. أشكرك كثيرًا.
منحها ابتسامة رقيقة، ثم غادر الخيمة مع رفيقيه، وبقيت أنا لأعد لها بعض الماء الساخن، ووجبة دسمة، ثم أحضرت لها جلبابًا نظيفًا، وتركتها بالخيمة، ولحقت بسيِّدي، الذي زحف مع زميله إلى داخل المقبرة، وراح ثلاثتهم ينقلون النقوش عن الجدران، ويترجمونها، وعندما لحقت بهم إلى داخل المقبرة، كان (طومسون) يشير إلى أحد النقوش، قائلًا:
- هراء.. كل هذا مجرَّد هراء.. لن أصدق أبدًا وجود مثل هذا الطائر الخرافي.. حتى الرماد يبدو لي أشبه برماد عشرات السجائر.
قال (معتز) في حسم:
- إنه ليس نفس الرماد.
هتف (طومسون) في حدة:
- أين ذهب الرماد الآخر إذن، ومن أين جاء هذا الرماد؟
قدمت لهم أكواب الشاي، وانسحبت خارجًا، وتركتهم يناقشون هذا الأمر، الذي لا أفهم الكثير من تفاصيله، ولحقت بالعمال الأربعة، الذين دارت بينهم مناقشة حامية أخرى، حول اختفاء زميلهم الخامس، ولقد بدت لي تلك المناقشة سخيفة، حتى سمعت أحدهم يقول، في صوت امتزجت ارتجافته برنة خوف:
- صدقوني.. هذه المقبرة ملعونة.. لقد رأيت بنفسي ذلك الطائر الرهيب، عندما خرج منها ليلة أمس.
الفتت إليه غاضبًا، وصحت في وجهه:

- ويلك يا رجل! أتحاول إفساد البعثة بأكاذيبك هذه، التي تبث الرعب في قلوب زملائك؟

تراجع الرجل في خوف، وقال مذعورًا:

- ولكن هذا ما حدث.. أقسم لك إني رأيت الطائر الملعون.

أمسكت كتفه في قوة، وأنا أقول:

- صف لي ما رأيت.

راح يلوح بيديه في سرعة وخوف، وهو يقول:

- لقد وجدت المقبرة خالية، بلا حراسة، فاتجهت إليها، بحثًا عن زميلينا، اللذين كلفتموهما حراستها، ولم أكد أقترب منها حتى سمعت داخلها خفقات أجنحة طائر ضخم، أعقبتها صرخة طائر، كتمتها جدران المقبرة، فتراجعت في رعب، وهنا رأيت لسانًا من اللهب، يخرج من تلك الثغرة، أسفل المدخل، ثم لم يلبث أن تحول إلى طائر ضخم، في حجم رجل بالغ، يمسك بمخالبه شيئًا ما، وقبل أن أصرخ، انطلق الطائر مبتعدًا، كلسان من نار، فعدت مهرولًا إلى خيمتي، ولم أفارقها حتى مطلع الشمس.

لم يكن من السهل أن يبتكر ذلك العامل البسيط قصة كهذه، يعجز عنها خيال رجل مثقف، لذا فقد كانت لكلماته مصداقية عجيبة، تركت أثرها في عيون زملائه الثلاثة، الذين تراجعوا في رعب، وقال أحدهم مرتجفًا:

- نريد أن نرحل.

لم أحر جوابًا، وأنا أشاهد ذلك الرعب الهائل، الذي ملك قلوبهم، فتمتمت مستسلمًا:

- سأعرض الأمر على سيّدي (معتز).

عدت إلى المقبرة، وشرحت الأمر لسيدي (معتز) وزميليه، فصحباني إلى حيث العمال الأربعة، واستمعوا بأنفسهم إلى القصة مرة ثانية، ثم هزَّ (معتز) رأسه في هدوء، وقال:

- دعونا نفترض أن القصة الحقيقية.. ما الذي يمكن أن يخيفنا إذن؟ لقد غادر الطائر المخيف مقبرته، ورحل، ولم تعد هناك مشكلة.

قال أحد العمال في خوف:

- وماذا لو عاد؟

أجابه (طومسون) في خشونة:

- لن يعود.

تطلع العمال الأربعة إليه في رهبة، فلقد كان حديثه الدائم بالإنجليزية، ينسيهم أنه يجيد العربية مع (جيف)، وأنهما يستطيعان فهمهما جيدًا، ولقد أردف (طومسون) بصرامته المعهودة:

- أما أنا، فلن أسمح بترديد تلك الخرافات هنا.. هل سمعتم؟

أومأوا برءوسهم في استسلام، فأضاف:

- هيا.. سنعود إلى العمل.

عادوا يحفرون الرمال، ويرفعونها عن باقي المقبرة، وهم يقدمون قدمًا، ويؤخرون أخرى، في حين التفت (جيف) إلى (معتز) وسأله:

- هل تبدو لك قصته حقيقة؟

أجابه (معتز) في هدوء:

- هل يبدو لك خيالة من النوع القادر على ابتكارها؟

كادا يناقشان هذا الأمر، لولا أن قاطعهما (طومسون)، وهو يقول انبهار واضح:

- رباه!.. هل تشرق الشمس مرتين في يوم واحد؟

التفتا جميعًا إلى حيث أشار، وانطلقت من حناجرنا شهقة واحدة.. فهناك، أمام خيمة سيّدي (معتز)، كانت تقف الشمس الثانية.. كانت المرأة واقفة هناك، وقد تركت شعرها الأحمر الناري ينسدل على كتفيها، فوق الجلباب الأبيض النظيف، الذي استبدلته بذلك الرث، الذي كانت ترتديه من قبل، وبدت أشد ما يكون بهاء وحسنًا:

ودون أن ندري أسرعنا جميعًا إليها، وسألها (جيف) في لهفة:

- هل نمت جيدًا؟

أدهشنا أن هزَّت رأسها نفيًا، وهي تقول:

- لا.. لم أنم جيدًا، بسبب ذلك الطائر.

بُهتنا لجوابها، وشملنا صمت رهيب، قطعه (معتز)، وهو يسألها في قلق:

- أي طائر؟

رفعت يديها إلى أعلى، وقالت:

- ذلك الذي ظلّ يخفق بجناحيه فوق خيمتك طوال الوقت.

لم تكد تنطقها، حتى قفزت كلمة واحدة إلى أذهاننا جميعًا..

- (العنقاء)..

✿✿✿

الفصل الخامس

اجتمع الرجال الثلاثة مع المرأة، التي علمنا أن اسمها هو (فلورا)، في خيمة سيِّدي (معتز)، ورحت أنا أعدّ طعام الغذاء كالمعتاد، وعندما حملته إلى الخيمة، كانت (فلورا) تقول لـ(طومسون) في عصبية:

- ما معني هذا السؤال السخيف، الذي ألقيته على مسامعي سبع مرات، حتى هذه اللحظة، يا مستر (طومسون)؟.. بالطبع أنا واثقة من سماع صوت ضربات أجنحة الطائر.

عقد (طومسون) حاجبيه الكثين، وهو يقول:

- لو أنني أستطيع إلقائه على مسامعك ألف مرة في كل دقيقة، لفعلت يا سيِّدتي، فجوابك هذا قد يقلب معتقداتي رأسًا على عقب.

هتفت به:

- ولكنني سئمته.

رفع (معتز) يده في حسم، وقال:

- حسنًا يا (فلورا).. لن يسألك أحدنا السؤال نفسه مرة أخرى، بل لن نتحدَّث حتى في الأمر أمامك.

قال (طومسون) في حدة:

- ولكن..

قاطعه (معتز) قبل أن يواصل حديثه:

- قلت إننا لم نفعل.

ظهر الغضب على وجه (طومسون)، إلا أنه لم يعارض موقف (معتز)، وإنما جلس يتناول غذائه في صمت، في حين تبادل زميلاه الحديث مع (فلورا) في أثناء ذلك..

كان حديثها عذبًا، جذابًا، ولقد لاحظت أنها تولى بعض الاهتمام لسيِّدي (معتز)، الذي كان أكثر الثلاثة وسامة، كما كان حديثه إليها دائمًا مغلفًا بحنان جم، ينبع من قلبه، ومن طبيعته الشرقية الأصلية..

ولم يكد ينتهي تناول الطعام، حتى نهض (طومسون)، وقال في حدة:

- سأعود إلى العمل.

ثم اندفع مغادرًا الحجرة، فهمست (فلورا):

- زميلكما هذا شديد العصبية.. أليس كذلك؟

أجابها (معتز) مبتسمًا:

- ولكنه طيب القلب.

ارتسمت على شفتيها أكثر ابتسامات الأرض عذوبه، وهي تقول لـ (معتز):
- ليس وحده.
ارتبك لابتسامتها، فنهض من مقعده بدوره، وغمغم:
- وأظنه على حق، فمن الضروري أن نواصل عملنا.. هل نذهب يا (جيف)؟
ابتسم (جيف)، وهو يسترخي في مقعده، وقال:
- لا.. سأبقى بعض الوقت.
رمقه (معتز) بنظرة ضيق، حملت شيئًا من الغيرة، ثم حمل مصباحه، وغادر الخيمة، دون أن ينبس ببنت شفة، وهنا التفت (جيف) إلى (فلورا)، وقال بلهجة ذات مغزى خاص:
- لدي زجاجة من نبيذ في خيمتي، ما رأيك لو حملناها مع كأسين إلى تبة بعيدة، واحتسيناها معًا، تحت ضوء القمر؟
ابتسمت (فلورا) وقالت:
- لم يحن الوقت لهذا بعد.
سألها في شغف:
- ومتى يحين؟
ضحكت قائلة:
- هذا يتوقف على الظروف.
نهض ليلحق بـ(معتز)، وهو يلوِّح بيده، قائلًا:
- أخبريني، عندما يحين الوقت.
أجابته في مرح:
- سأفعل.
ولم يكد يغادر الخيمة بدوره، حتى التفتت إليَّ وقالت:
- معذرة يا (عمار).. أريد النوم بعض الوقت.
اعتذرت لها، وغادرت الخيمة على الفور، وتركتها تنعم بنوم عميق، وقضيت أنا جل وقتي في خدمة سيِّدي وزميليه، وسط مناقشاتهم التي لا تنتهي، حول المقبرة والنقوش، ثم أشار سيِّدي إلى ضرورة إيجاد ترتيب جديد للنوم، بعد انضمام (فلورا) إلينا، فاقترح (جيف) نقل العمال الأربعة إلى خيمة واحدة، ومنح الخيمة الثانية لـ(فلورا)، ولكن سيدي (معتز) طلب أن تبقى (فلورا) في خيمته، بعد أن ألفتها، على أن ينتقل هو إلى خيمة العمال الثانية..
وهذا ما كان..

وفي تلك الليلة أوى الجميع إلى فراشهم بعد ارتفاع القمر إلى السماء، ولم يبق سوى (عويضة) لحراسة المكان، في حين ساد صمت تام وهدوء، نسبي..
وفجأة تبدد هذا السكون، مع صرخة رهيبة..
صرخة طائر هائل، مصحوبة بخفقان أجنحة ضخمة..
الجميع هذه المرة سمعوا الصرخة وخفقات الأجنحة، فهبّ كل منهم من مرقده، واندفعنا جميعًا خارج خيامنا، وقد أمسك (طومسون) و(جيف) مسدسيهما، وهتف سيدي (معتز):
- من أين أتى الصوت؟
وبخلاف سؤاله، لم يكن هناك صوت آخر يتردد في المكان..
لقد انطلقت الصرخة وتلاشت، مخلفة سكونًا أكثر رهبة، وأكثر إثارة للخوف..
وأدار الجميع عيونهم في المكان في توتر، ثم هتف (معتز):
- (فلورا).. أين (فلورا)؟
لم يكد هتافه يتلاشى، حتى ظهرت (فلورا) أمام خيمتها، وهي ترتجف، وهمست:
- (معتز).. إنني خائفة يا (معتز).
اتجه إليها (معتز).. ووقف أمامها قائلًا:
- اطمئني.
ولكنها ألقت رأسها على صدره بحركة مباغتة، وأحاطته بذراعيها مكررة:
- إنني خائفة.. خائفة جدًا.
ظهر الحرج على وجه سيِّدي، وتعلَّقت به كل الأنظار، ورأيت أنا شياطين الغيرة تطلّ واضحة، من عين (طومسون) و(جيف)، وتوجست من ذلك خيفة، ولكن أحد العمال بدَّد هذا الجو المتوتر بغتة، عندما هتف:
- أين (عويضة)؟
انتبهنا جميعًا - في هذه اللحظة فقط - إلى اختفاء الحارس، فأزاح (معتز) ذراعي (فلورا) من حول وسطه في رفق، واندفع إلى حيث كان (عويضة) يجلس، ولم يكد يبلغ موضعه، حتى انطلقت من صدره شهقة، وتراجع إلى الخلف في حدة، وكان في هذا ما يكفي لنهرع كلنا إليه، وعندما بلغنا موضعه، ورأيناه ما رآه، كادت تلك الشهقة تنطلق من حناجرنا جميعًا..
فهناك.. كانت بندقية (عويضة) تستقر على الأرض، وإلى جوارها جلباب هذا الأخير، وفوق الجلباب كومة..

كومة من الرماد..

❀❀❀

لم يشهد معسكرنا رعبًا، كالذي شهده تلك الليلة، ونحن نبحث عن (عويضة) في كل مكان، دون جدوى، وبعدها جلس الرجال الثلاثة مع (فلورا)، في خيمة سيّدي (معتز)، التي تركها للمرأة، وبدأ (معتز) الحديث بقوله:

- أظن هذا يتفق ما كل ما قرأناه، على المقبرة.. إنني أذكره بالحرف الواحد: "عندما تفيض الروح عبر الرماد، يستيقظ طائر النار من رماده، ويبدأ العذاب من النار إلى النار.. في كل يوم عذاب جديد، ورماد جديد.."

هتفت (فلورا):

- لا تكمل يا (معتز).. أرجوك.. هذا يفزعني.

ربت على كتفها في حنان، فالتقطت كفه بأناملها، وضغطتها في حب واضح، أعاد نظرة الغيرة إلى عيني (طومسون) و(جيف)، قبل أن يسحب (معتز) كفه من بين أصابعها، ويتنحنح في حرج، مكملًا:

- دعونا نفسر هذا أيها السادة.. واسمحوا لي بوضع تفسير خاص، يتفق مع الأحداث، فالأساطير القديمة تحدثت عن (العنقاء)، ذلك الطائر الناري الخرافي، الذي ينبت من رماده، ولكنها لم تذكر أبدًا كيف يستيقظ طائر النار من رماده، فقد يضع أمامنا هذا تفسيرًا واضحًا، ألا وهو أن (العنقاء) تحتاج إلى روح تُهدر أمامها، لتنهض من رمادها.

هتفت (فلورا):

- (معتز).. هذا رهيب!! رهيب!!

منحها ابتسامة حانية، ثم عاد يواصل في صلابة:

- وفي الليلة السابقة تحقق الشرط، عندما قتل العامل زميله داخل المقبرة، وسقط رماد (العنقاء) فوق جثته.. عندئذ عبرت روحه رمادها، فنهضت من رقادها الطويل، فالتهمته، ثم حولته إلى رماد بدوره، وهذا يفسر اختفاء رمادها، ووجود ذلك الرماد بدلًا منه.

سأله (جيف) في توتر:

- وأين ذهبت ثيابه؟

التفت إليه (معتز) وقال:

- أنسيت قول العامل الآخر، في أن ذلك الطائر، الذي خرج من المقبرة، كان يحمل في مخلبيه شيئًا ما؟.. لا ريب أن (العنقاء) قد حملت ثياب العامل، وهي تظنها طعامًا، يكفي لإشباعها، بعد قرون من النوم، ولكنها لم تلبث أن أدركت عدم جدواها، فتخلصت منها، وبدأت تبحث عن غذائها الحقيقي.

صمت لحظة، ثم أضاف في حزم:

- البشر.

أطلقت (فلورا) شهقة رعب، وغمغم (طومسون):

- يا إلهي!

أما (جيف)، فقد اندفع يقول:

- أتعني أن ذلك الرماد، الذي عثرنا عليه الليلة هو....؟

قاطعه (معتز):

- نعم يا (جيف).. إنه كل ما تبقى من جسد (عويضة).. هذا هو ما تقول الكلمات داخل المقبرة: "في كل يوم عذاب جديد، ورماد جديد".. هذا يعني أن (العنقاء) تحتاج إلى ضحية جديدة في كل يوم.. ربما لتبقى هي حية، وهذه الضحية تتحوَّل بدورها إلى رماد.. وهكذا.

ران صمت رهيب داخل الخيمة، بعد أن انتهى (معتز) من كلماته الأخيرة، ثم قطع (طومسون) هذا الصمت، وهو يقول في غلظة:

- هراء.

ثم انتزع مسدّسه من جرابه، وأضاف في حدة:

- فلتأتي هذه (العنقاء) إلى هنا، حتى لو كانت أضخم من (الرخ) نفسه، ولكنها لن تمنعني من استكمال فحص هذه المقبرة، وتسجيل عثورنا عليها، وأقسم لو ظهرت في معسكرنا مرة أخرى، لأضعنها في قفص من الخشب، لأسخر منها كل صباح ومساء.

قالها واندفع مغادرًا المكان كعادته، ولم يشيعه أحدنا بحرف واحد، إذ كنا نعلم جميعًا أن أمامنا أيامًا لن ننساها.

أيامًا من الرعب.

الفصل السادس

مضى اليوم الثاني عسيرًا على كل الأطراف، فقد رفض العمال الثلاثة الباقون العمل، وحاول سيدي (معتز) وزميلاه إقناعهم بمختلف الوسائل، إلى أن هدّد (طومسون) بإطلاق النار على من يحاول الفرار منهم، فرفع أحدهم بندقيته في وجه الإنجليزي، وكادت تحدث مجزرة، لولا أن تدخل (معتز) في الأمر، وأعاد الهدوء إلى الموقف بكلماته الرصينة، وأسلوبه الهادئ، عاونه على هذا حب العمال له، ودماثة خلقه المعهودة..

وعاد العمال إلى العمل، في جو من التوتر، لم أشهد له مثيلًا من قبل، وليت الأمر اقتصر على هذا، فقد انضمت (فلورا) إلى فريق الرجال، وراحت تغمر (معتز) بابتسامتها وعطفها، ولمساتها الحانية، مما ملأ قلبي زميليه بالغيرة والحقد، اللذين دفعا (طومسون) إلى أن يهتف فجأة:

- كفى.. إننا في موقع عمل، ولسنا في ملهى ليلي.

عقد (معتز) حاجبيه في غضب، وهو يقول:

- ماذا تعني بقولك هذا؟

لوح (طومسون) بذراعه كلها، هاتفًا:

- لست أريد تلك المرأة العابثة هنا، فلتقبع في خيمتها.

هب (معتز) في صرامة، وهو يقول:

- لست أسمح لك بأن تصفها بالمرأة العابثة.

صاح (طومسون).

- سأنعتها بما يحلو لي أيها المصري.

ضم (معتز) قبضته، وهو يقول في غضب:

- سأمنعك بالقوة.

اشتبكا فجأة في مشاجرة بالقبضات العارية، فاندفعت أنا و(جيف) نحاول منعهما، و(طومسون) يواصل صراخه.

- لا أريدها هنا.

أسرعت (فلورا) إلى (معتز)، وتحسست في ذعر خيط الدم، الذي سال من طرف شفتيه، وهتفت:

- (معتز).. أنت مصاب.

مسح خيط الدم بأصابعه، وهو يقول:

- إنها إصابة بسيطة.

تجاهلت (طومسون) و(جيف) تمامًا، وهي تتحسس وجهه في حنان، قائلة:

- لا.. إنها تحتاج إلى عناية طبية.. هيا.. سنعود إلى الخيمة لإسعافك.
حاول أن يعترض، إلا أنه لم يملك سوى الاستسلام إزاء إصرارها، فسار
معها إلى الخيمة، في حين زمجر (طومسون) قائلًا:

- هذه المرأة هي اللعنة الحقيقية للمكان.. ستحطم بعثتنا كلها.
لم أشأ الاستماع إلى المزيد، فأسرعت أغادر المكان، متجهًا إلى خيمة
سيدي، وقبل أن ألجها، سمعت (معتز) يقول في حنان:

- (فلورا).. صحيح أنني لم ألتق بك إلا منذ يومين، إلا أنني أشعر وكأننا
يعرف بعضنا البعض من سنوات.
رأيتها ترفع وجهها إليه، وتهمس في حب:

- بل قل منذ قرون.
وضع كفيه على كتفيها، وهو يقول:

- (فلورا).. أنا أحبك.
ابتهج قلبي، عندما أجابته:

- وأنا أيضًا أحبك (معتز).. أحبك أكثر مما تتصوَّر.
لمحته يدني شفتيه من شفتيها، وكدت أبتعد خجلًا، إلا أنها أبعدت شفتيها
عن وجهه في حركة حادة، وهي تقول:

- لا يا (معتز).. لا..
تراجع في دهشة، ثم سألها في حنان:

- معذرة.. نسيت أن تقاليدنا تمنعني من هذا، قبل زواجنا.. لقد أسكرتني
فتنتك، فنسيت هذا.
ثم أضاف، وهو يضم كفها إلى صدره:

- أتقبلين الزواج مني يا (فلورا)؟
قاومت دموعها في شدة، وهي تقول:

- ليس الآن يا (معتز).. ليس الآن.
سألها وقد صدمه جوابها:

- لماذا يا (فلورا)؟
أشاحت بوجهها عنه، وأخفته بين راحتيها، وبدا صوتها منتحبًا، وهي تقول:

- انصرف يا (معتز).. انصرف أرجوك.. انصرف قبل أن أبكي.
نهض حائرًا، وغادر الخيمة في حزن، ولم يكد يلتقي بي خارجها، حتى
سألني:

- هل استمعت إلى حديثنا؟
شحب وجهي، وارتجفت أطرافي، وأنا أقول:

- لم أكن أقصد هذا يا سيَّدي.. أقسم لك أن...
لم يبال باعتذاري، وإنما سألتني في حيرة:
- لماذا رفضت الزواج؟
ترددت لحظة، ثم أجبته:
- لنفس السبب، الذي رفضت من أجله قبلتك يا سيَّدي، فصحيح أن عقيدتنا تمنعك من تقبيل امرأة غير زوجتك، ولكن تقاليدها الأمريكية لا تحمل المنطق نفسه، لذا فهناك تفسير آخر لما فعلت.
سألني في لهفة:
- ماهو؟
أجبته في سرعة هذه المرة:
- أنها متزوَّجة بالفعل يا سيَّدي.
اتسعت عيناه في هلع، وانقلبت ملامحه على نحو خفيف، جعلني أندم على نطقي الكلمة، ثم لم يلبث أن غمغم في مرارة:
- متزوجة؟!
حاولت أن أخفف عنه وقع الصدمة، إلا أنه رفع كفه في وجهي، قائلًا في حزن:
- اتركني يا (عمار).. ارتكني وحدي.
وقفت في مكاني نادمًا حزينًا، أراقبه يرحل إلى خيمته، ويختفي داخلها..
ولقد قضى نهاره كله لا يفارق خيمته..
وهي أيضًا لم تفارق خيمتها.
وكان من الواضح أن كل منهما يعاني عذابًا لا قبل له به، حتى أنهما لم يتناولا طعام الغذاء مع البريطانيين، اللذين تناولاه في صمت، ثم انزوى كل منهما داخل حجرته، وبقى العمال يتهامسون في حذر وتوتر، مما أقلقني، فقررت أن أراقبهم بكل الحذر والتحفز، خشية إقدامهم على عمل أحمق، يفسد كل شيء...
ومع حلول الليل، خيم على المكان خوف مبهم، حتى أن أحدًا لم يقبل القيام بدور الحراسة، فانتزع (طومسون) مسدّسه، وقال في غضب:
- حسنًا أيها الجبناء.. سأحرس أنا المكان هذه الليلة، وسأثبت لكم ضعف عقولكم.
بدا الضيق على وجه (معتز)، فقال في هدوء:
- سنتبادل الحراسة معًا و...
قاطعه (طومسون) في حدة:

- قلت إنني سأحرس المكان وحدي.
خشى (معتز) أن يشعل الموقف بينه وبين (طومسون) مرة أخرى، فقال في ضيق:
- كما يحلو لك.
وعاد إلى خيمته، فلحقت به لأعد له فراشه، ولن تمض ساعات، حتى رحنا معًا في سبات عميق..
وفجأة انطلقت تلك الصيحة الرهيبة..
صرخة طائر، تمتزج بخفقان أجنحة ضخمة..
وقفزت من فراشي، وكذلك فعل سيدي (معتز)، وهتف في خوف، وهو يندفع خارج الخيمة:
- (فلورا)..
ولكننا لم نكد نغادر الليلة، حتى أدركنا على الفور من كان ضحية (العقناء) هذه الليلة..
كان (طومسون)..
ثيابه كانت ملقاة أرضًا وكذلك سلاحه، وفوقهما كومة الرماد، التي بقيت منه..
وأطلقت (فلورا) صرخة فزع، في حين هتف أحد العمال الثلاثة في رعب:
- سنرحل.. سنرحل.
اندفع مع زميليه نحو السيارة، التي أتت بنا جميعًا إلى هذا الموقع، فصاح بهم (معتز):
- اهدءوا.. لا داعي للفزع.
ولكن أحدًا منهم لم يستمع إليه، بل قفز ثلاثتهم داخل السيارة، وأدار أحدهم محركها، و(جيف) يصرخ:
- امنعهم يا (معتز).. إنهم سيرحلون بكل المؤن وجهاز اللاسلكي.
ثم رفع مسدسه نحو السيارة، وراح يطلق رصاصاته في ثورة..
وأطلق أحد العمال الثلاثة صرخة ألم، عندما اخترقت رصاصة (جيف) مؤخره رأسه، وسقط جثة هامدة، في حين انطلق العاملان الآخران بالسيارة، و(معتز) يهتف بـ(جيف):
- لا تطلق النار.. لقد أصبت خزان الوقود.
لم يكد يتم عبارته حتى دوى الانفجار..
انفجر خزان وقود السيارة، وانفجرت معه السيارة كلها، لتطيح بجهاز اللاسلكي، والمؤن، وكل شيء..

وأطلقت (فلورا) صرخة رعب هائلة، عندما رأت النيران تندلع من السيارة، وتعلقت بعنق (معتز)، فربَّت عليها في رفق، وهو يقول في مرارة:

- لقد أضعت كل شيء يا (جيف).. كل شيء.

صاح به (جيف):

- ماذا كنت تنتظر مني أن أفعل؟.. أن أتركهم يرحلون بكل شيء.

هتف (معتز) في مرارة:

- وما الفارق؟

ثم التفت إلى (فلورا)، وهاله ذلك الشحوب الهائل، الذي انتابها، فسألها في جزع:

- هل أصابك شيء؟

كانت تلهث في أعياء، وهي تجيبه:

- لا.. لا شيء.

بدت لي كمن لم يتناول طعامًا منذ شهر كامل، فغمغمت:

- أظن السيدة بحاجة إلى الراحة.

نطقتها بالعربية، وعلى الرغم من هذا فقد أومأت (فلورا) برأسه إيجابًا، وكأنها فهمت ما أقول، وقالت:

- سأعود إلى خيمتي.

اتجهت إلى خيمتها مترنحة، وغابت داخلها، فغمغم (معتز):

- يا لها من ليلة!

كاد (جيف) يبكي، وهو يقول:

- لقد فقدنا فيها (طومسون)، والعمال، والسيارة، وكل شيء.

قال (معتز) في حزم:

لا تقلق.. ستصل قافلة أخرى إلى هنا بعد غد، عندما يفتقدون تلك الإشارات اللاسلكية، التي اعتدنا إرسالها كل صباح، ولدينا من المؤن في خيمتي ما يضمن لنا البقاء، حتى ذلك الحين.

تمتم (جيف):

- أتعشم هذا.

ران علينا الصمت لحظات، ثم قال (جيف):

سأذهب إلى خيمتي، فلقد التهمت (العنقاء) في هذه الليلة من الضحايا ما يكفيها.

اتجه إلى خيمته بخطوات بطيئة، فقلت لسيدي:

- يمكنك الذهاب إلى خيمتك يا سيدي، فسأتولى أنا الحراسة.

هز رأسه نفيًا، وقال:

- لن يحتاج الأمر إلى حراسة يا (عمار)، فكما قال (جيف): لقد التهمت (العنقاء) ما يكفيها هذه الليلة.

عدنا معًا إلى الخيمة، واستلقى كل منا في فراشه، وخيل إلي أن سيدي لن ينعم بالنوم، بعد كل هذا، ولكن يبدو أن ما بذله من جهد وانفعالات كان يفوق قدرته على الاحتمال، إذ لم يلبث أن غرق في سبات عميق، في حين عجزت أنا عن النوم، فخرجت من الخيمة، وجلست أتطلع إلى القمر والنجوم، وسط ظلام ساد المكان، بعد أن انطفأت نيران المعسكر.. وفجأة لمحتها..

كانت (فلورا) تسلل من خيمتها إلى الخيمة المجاورة..

خيمة (جيف).

الفصل السابع

شعرت بضيق بالغ، عندما رأيت (فلورا) تسلَّل إلى خيمة (جيف)، وأحزنني أن تقابل حب سيَّدي بهذا الجحود، فتسللت بدوري إلى الخيمة، وسمعتها تقول في دلال:

- هل يدهشك قدومي إلى خيمتك؟

أجابها (جيف) في حماس:

- بل يسعدني هذا كثيرًا يا فاتنتي.

أطلقت ضحكة عابثة، وقالت:

- سمعتك تقول أن لديك زجاجة من النبيذ المعتق.. أما زلت تحتفظ بها؟

هتف في حماس:

- هي رهن إشارتك يا أميرتي.

قالت في دلال:

- هيا بنا إذن.. سنحملها مع كأسين إلى تل قريب، ونحتسيها في ضوء القمر.

سمعته يهتف:

- سمعًا وطاعة يا مولاتي.

غص حلقي في مرارة، واختبأت خلف الخيمة، وشاهدتهما يغادرانها حاملين زجاجة الخمر والكأسين، وشعر (فلورا) الناري يتراقص خلفها، مع هبات الرياح الهادئة، حتى اختفيا خلف تل قريب، فلحقت بهما على أطراف أصابعي، ورأيت (جيف) يملأ أحد الكأسين، ويقدّمها إلى (فلورا)، التي بدت شديدة الشحوب، على نحو عجيب، إلا أنها التقطت الكأس من يده، ووضعتها جانبًا، وهي تقول:

- دعني أسكرك أنا أولًا.

ثم أحاطت عنقه بذراعيها، وانحنت تلصق شفتيه بشفتيها..

وفجأة وجدت جسد (جيف) يرتجف، ثم ارتسمت في عينيه نظرة رعب هائلة، وحاول أن يدفع (فلورا) بعيدًا عنه، إلا أنها ألصقت شفتيها بشفتيه في قوة أكثر..

وأمام عيني الذاهلتين، المذعورتين، استحال جسد (جيف) إلى لسان من اللهب..

لهب أزرق عجيب، التهم جسده كله في لحظة واحدة، وأحاله إلى كومة من الرماد، استقرَّت فوق ثيابه، التي سقطت أرضًا، سليمة، وكأنما لا تحرق تلك النيران سوى الأجساد الحية فحسب..

وتجمدت صرخة، رعب في حلقي، وأنا أحدق في وجه (فلورا)، التي تلاشى شحوبها، وعاد إليها تورّد وجهها، وكأنما تمتص حيويتها من أرواح الآخرين..

وفجأة رفعت (فلورا) رأسها إلى أعلى، وهزَّت ذراعيها كجناحي طائر، وهي تطلق تلك الصرخة الرهيبة..

والعجيب أن حركة ذراعيها الخفيفة أصدرت صوتًا أشبه بخفقان أجنحة طائر ضخم، مما أطلق تلك الصرخة الحبيسة في حلقي، فانطلقت من بين شفتي هائلة مدوية، تموج بالرعب والفزع والخوف..

وأدارت (فلورا) عينيها إلي في غضب، وبدا لي شعرها الأحمر كسيل من الحمم، يسيل من البركان المتقد في عينيها، فلم أحتمل أكثر من هذا، ووجدت نفسي أعدو في رعب لا مثيل له، مبتعدًا عن التل، والمعسكر كله..

ولم أدر كم ظللت أركض مبتعدًا، وأنا أصرخ في رعب، ولكنني انتبهت فجأة إلى أن الشمس قد أشرقت، وإلى أن حرارتها تلهب جسدي، فتوقفت عن الجري، وتلفتَّ حولي في رعب، ثم لم ألبث أن هويت فاقد الوعي..

✿✿✿

لم أدر كم مر بي من وقت، منذ فقدت الوعي، ولكنه كان وقتًا طويلًا للغاية بالتأكيد، إذ استعدت وعيي لأجد الظلام محيطًا بي، والقمر يرتفع إلى كبد السماء..

وهنا انتبهت إلى ما غاب عن ذهني، مع خوفي وفراري..

لقد تركت سيِّدي وحده هناك..

معها..

مع (العنقاء)..

يا إلهي!... من يصدِّق أن كل تلك الفتنة، تحمل كل هذا الشر؟

بدا لي أنني خائن حقير، انطلق ينجو بنفسه فور شعوره بالخطر، تاركًا سيده وولي نعمته مع شيطانة خرافية، ستسعى حتمًا لسلبه الروح، حتى تستعيد حيويتها وتحيا..

وتغلب هذا الخاطر على خوفي، فعدت أدراجي مسرعًا إلى المعكسر، ورحت أحث الخطا حتى أبلغه، قبل أن تلتهم (العنقاء) سيدي (معتز)،

ولكنني لم أكد أبلغ المعسكر، حتى وجدتها بين ذراعيه، يتطلَّع إلى وجهها في شفقة، ويسألها:
- ماذا أصابك يا حبيبتي؟.. الشحوب يكاد يقتلك.. ماذا يمكنني أن أفعل من أجلك؟
رأيتها تتطلع إلى عينيه في حب بالغ، وهي تقول:
- اتركني يا (معتز).. اتركني وارحل.. أرجوك..
مسح شعرها الناري بكفه في حنان، وقال:
- كيف تطلبين مني هذا يا حبيبتي؟.. كيف تطلبين من رجل أن ينتزع قلبه، ويتركه في قلب الصحراء، ثم يرحل دونه؟
أشاحت بوجهها عنه، وهي تقول:
- أرجوك يا (معتز).. ارحل قبل فوات الأوان.
أمسك ذقنها في حنان، وأدار وجهها إليه، وقال:
- معذرة يا حبيبتي.. سأخالف مطلبك هذه المرة، وسأخالف حتى نداء عقلي، وأترك العنان لعواطفي.
لم أدر لم ظللت ساكنًا، وأنا أراقب هذا، ولكنني لم أكد ألمحه يقترب بشفتيه من شفتيها، حتى قفزت واقفًا، وهممت بالصراخ محذرًا، لولا أن أشاحت (فلورا) بوجهها عنه، وقالت في ألم:
- لا يا (معتز).. لا تقبلني.. أرجوك.
أدهشني موقفها، وهي التي تحتاج إلى هذه القبلة أشد الاحتياج؛ لتحيا، ووجدت نفسي أجلس في بطئ، وأعاود الاختفاء في مكمني، وهي تتملص من ذراعيه وتقف مترنحة، ثم تقول:
- إنك لا تعرف من أنا يا (معتز).
أجابها في حب.
- كل ما أعرفه هو أنك (فلورا)، وأنني أحبك.
هتفت في مرارة:
- لست (فلورا).. لست حتى ككل من عرفتهم من بشر.. حاول أن تفهمني.
ولأول مرة منذ رأيناها، انهمرت الدموع من عينيها..
وعندئذ فقط أدركت لماذا لم تبك من قبل..
ولماذا طلبت من (معتز) يومًا مغادرتها، قبل أن تبكي..
لم تكن تلك الدموع، المنهمرة من عينيها دموعًا عادية..
كانت قطرات من اللهب، تساقطت من عينيها، واشتعلت بين قدميها..

وكان المشهد رهيبًا، حتى أن (معتز) حدَّق فيه في ذهول، ثم رفع عينيه إلى وجه (فلورا)، التي قالت مع دموعها:

- هل رأيت هذا؟.. هل أدركت من أنا؟.. نعم يا (معتز).. إنني لست (فلورا).. لم أحمل هذا الاسم من قبل، وإن حملت مئات الأسماء، عبر عشرات القرون والأجيال.. إنني حتى لم أعد أدري كم مرة تقمصت فيها هيئة البشر.. إنني أنا من تطلق عليها اسم (العنقاء) يا (معتز)..

اتسعت عيناه ذهولًا، ولكنه لم ينبس ببنت شفة، وهي تتابع:

- كل ما استنتجه عني صحيح، فلقد بقى رمادي داخل تلك المقبرة، منذ ثلاثين قرنًا، عندما هزمني (خان – حر)، وصنع لي تلك المقبرة، لأبقى فيها حتى نهاية الزمان لولا أن عثرتم عليها وكان من الممكن، على الرغم من هذا أن يبقى رمادي ساكنًا، إلا أن مصرع العامل أيقظ الشر الكامن في رمادي، فعدت إلى الحياة، على هيئة طائر، وحملت معي جلباب العامل الصريع، ومزقته بعض الشيء، ليبدو باليًا قديمًا، ثم عدت به إليكم، فأنقذتموني، وصدقتم قصتي.. وكنت أتمنى أن أبقى معكم، ولكنها اللعنة.

تمتم لأوَّل مرة، في صوت متحشرج مختنق:

- أية لعنة؟

أجابته ودموعها النارية ما زالت تتساقط من عينيها:

- إن حياتي ترتبط بانتزاع حياة الآخرين.. لا شأن لي بأرواحهم بالطبع، فلا سيطرة لمخلوق عليها، ولكنني أمتص كل قطرة ماء في أجسادهم، فلا يبقي من الأجساد سوى كومة رماد، هي كل ما يمكن أن يبقى من أي كائن حتى، لو انتزعت منه كل مابه من ماء ، ولابد لي من انتزاع ماء جسم كامل في كل ليلة، وإلا قضيت نحبي.. هذه هي لعنتي.

رأيته يتطلَّع إليها في إشفاق أدهشني، وهي تتابع:

- ولكن انفعالات الليلة الماضية أفقدني الكثير من الماء، وخاصة عندما اشتعلت العربة، فالنيران هي أعدى أعدائي، حيث تنتزع ماء جسدي كله في لحظات، مما اضطرني إلى قتل (طومسون) و(جيف) معًا، لأحصل على القدر الكاف من الماء.

والتفتت إليه في حزن، وهي تقول:

- والليلة لم يبق سوانا.. أنت وأنا.. وهذا يعني أن أحدنا فقط سيحيا، أما الآخر فلابد أن يموت.

وانهمرت الدموع من عينيها أكثر، وهي ترنو إليه بكل حبها، قائلة:

- ولقد اخترت أن تحيا أنت.

نهض من مكانه، واتجه إليها في حزم، وهي تضيف:

- لقد أحببتك يا (معتز).. عبر كل القرون التي عشتها لم أحبّ سواك، ومن أجلك سأفعل ما لم أفعله من قبل أبدًا.. في كل الأجيال.. سأهبك حياتي يا (معتز):

- أمسك (معتز) كتفيها في حنان، على الرغم من كل ما رآه وسمعه، وقال في حب أدهشتني:

- (حبيبتي).. لو أن حياتك رهن بحياتي، فأنا أمنحك أياها عن طيب خاطر.

دفعته عنها، وتراجعت هاتفة:

- لا يا (معتز).. لا.. اتركني أرحل هذه المرة، فحياتي كتلة من العذاب، يهددها الموت في كل ليلة، والراحة الوحيدة التي أجدها هي عندما أعود إلى الرماد.

خيل إليَّ أن النيران المتساقطة من عينيها قد صنعت حول قدميها دائرة من اللهب، راحت تصعد إلى جسدها، وهي تقول:

- وداعًا يا (معتز).. وداعًا يا من أحببت، عبر كل القرون.

هتف بها (معتز).

- لا يا (فلورا).. انتظري.. سنجد الحل حتمًا..

ولكنها تحولت فجأة إلى لسان من اللهب، أضاء المكان كله لحظات، ثم خبا بغتة، وترك مكانه كومة من الرماد..

وكان رمادًا يختلف بالفعل، فهو رمادها..

رماد ناري كالجمر..

رماد (العنقاء).

الفصل الثامن

نفث قائد بعثة الإنقاذ دخان سيجارته العاشرة، وهو يتطلع إلى (عمار) في صمت، بعد أن انتهى هذا الأخير من روايته، ثم سأله في بطئ:

- أأنت واثق من أن قصتك هذه ليست وليدة الإصابة بضربة شمس يا فتى؟

غمغم (عمار):

- هل تبدو لك كذلك؟

هز الرجل كتفيه، ومطَّ شفتيه، قائلًا:

- إنها متقنة على أية حال.

ثم سحب نفسًا جديدًا من سيجارته، وسأله:

- ماذا فعل (معتز) بعد أن عادت (العنقاء) إلى الرماد؟

أجابه (عمار) في حزن:

- لم أر لحظتها مخلوقًا أكثر حزنًا وأسى منه، عندما هبطت إليه، ولقد حمل رمادها في حرص، وعاد به إلى المقبرة، فأودعه القنينة النحاسية، ورفعها فوق العمود الحجري، ثم طلب مني معاونته في إخفاء المقبرة تحت الرمال مرة أخرى..

سأله الرجل في اهتمام:

- وهل فعلت؟

أومأ (عمار) برأسه إيجابًا، وقال:

- ما كنت لأرفض لسيِّدي مطلبًا.

مطَّ الرجل شفتيه مرة أخرى، وقال:

- يا للسخارة!

وهنا تابع (عمار) في أسف:

- لقد عملنا طيلة النهار، حتى أخفيناها تحت الرمال، ثم قمنا بحل الخيام، وحملت أنا خيمة واحدة على ظهري، في حين ألقينا الباقين بعيدًا، خشية أن يتعرف أحد موضع المقبرة منها، وبعدها أخرج سيَدي تلك البردية، التي عرف منها موضع المقبرة، وأحرقها وهو يبكي، ثم أخذنا نسير، في محاولة للعودة إلى (وادي الملوك)، ولكن يبدو أننا ضللنا الطريق.

سأله الرجل في اهتمام:

- وأين سيِّدك؟.. ماذا أصابه؟

أجابه (عمار):

- لم يتناول طعامًا، طوال اليومين اللذين قطعناهما سيرًا، حتى سقط متهالكًا، فنصبت الخيمة، وأرقدته تحتها، وتركت معه زمزميتين ممتلئتين، وحملت أنا ثالثة، وانطلقت باحثًا عن النجدة.

سأله الرجل في اهتمام:

- ومتى فعلت هذا؟

أجابه (عمار):

- قبل عثوركم عليَّ بساعة واحدة.

أومأ الرجل برأسه، وقال:

- هذا حسن.. لقد أرسلت الرجال لتفتيش المنطقة، وسيعثرون على سيدك حتمًا.

ارتفع في تلك اللحظة أزيز جهاز اللاسلكي، فاستدار الرجل إليه، واستمع إلى محدِّثه لحظات، عبر المسماع الصغير، ثم التفت إلى (عمار)، قائلًا:

- لقد عثروا على سيدك، وهو بخير، وسيسعفونه على الفور.

تهللت أسارير (عمار)، وأغمض عينيه قائلًا:

- حمدًا لله.. حمدًا لله.

ثم عاد يرفع عينيه إلى الرجل، قائلًا:

- معذرة يا سيدي، كنت أتمنى لو أنك احتفظت بكل ما سمعته مني سرًا، فلن يغفر لي سيِّدي أن قصصت عليك القصة.

تطلّع إليه الرجل، وهو ينفث دخان سيجارته،، ثم ابتسم ابتسامة باهتة، وقال:

- اطمئن يا (عمار)، فلن أخبر مخلوقًا واحدًا بهذه القصة، حتى لا يتهمونني بالجنون، ولتبقى (العنقاء) أسطورة.

ثم هز كتفيه، وشرد ببصره مستطردًا:

مجرد أسطورة.

✿✿✿

www.ingramcontent.com/pod-product-compliance
Lightning Source LLC
Chambersburg PA
CBHW072047170626
46811CB00008B/3198
* 9 7 8 0 4 6 3 7 9 0 8 2 3 *